La penna d'oca delle voci scritte

Translated to Italian from the English version of
Quill of Written Voices

Nery Joy Ochea

Ukiyoto Publishing

Tutti i diritti di pubblicazione globali sono detenuti da

Ukiyoto Publishing

Pubblicato nel 2024

Contenuto Copyright © Nery Joy Ocheaa

ISBN 9789367959848

Tutti i diritti riservati.

Nessuna parte di questa pubblicazione può essere riprodotta, trasmessa o memorizzata in un sistema di recupero, in qualsiasi forma e con qualsiasi mezzo, elettronico, meccanico, di fotocopiatura, di registrazione o altro, senza la previa autorizzazione dell'editore.

Sono stati rivendicati i diritti morali dell'autore.

Questa è un'opera di fantasia. Nomi, personaggi, aziende, luoghi, eventi, località e incidenti sono frutto dell'immaginazione dell'autore o utilizzati in modo fittizio. Qualsiasi somiglianza con persone reali, vive o morte, o con eventi reali è puramente casuale.

Questo libro viene venduto a condizione che non venga prestato, rivenduto, noleggiato o diffuso in altro modo, senza il previo consenso dell'editore, in una forma di rilegatura o copertina diversa da quella in cui è stato pubblicato.

www.ukiyoto.com

Ringraziamenti

Vorrei dedicare questa poesia alla mia famiglia, compresa la mia mamma in cielo, ai miei amici di internet, ai miei migliori amici e, naturalmente, alla mia persona speciale. Inoltre, questo è per tutti coloro che hanno creduto in me che sarei arrivata a questo punto, che sarei stata in grado di realizzare il mio sogno.

Ringrazio Dio per avermi dato l'opportunità di dare finalmente alle stampe i miei capolavori. Ha ascoltato le mie preghiere e i desideri del mio cuore.

SINOSSI

The Quill of Written Voices è scritto da Nery Joy Ochea, che intreccia una raccolta di poesie, realizzate dall'autrice per esplorare e immergersi nelle emozioni umane e nelle complessità della vita.

Attraverso i suoi versi accorati, Nery Joy si propone di catturare la cruda essenza delle emozioni, invitando i lettori a intraprendere un viaggio profondo attraverso le parole della vita.

Sfogliando ogni pagina, i lettori si troveranno immersi nell'oceano di un ricco arazzo di emozioni. L'autrice si addentra senza timore nelle complessità dell'amore, della perdita, della gioia, del dolore e di tutto ciò che sta in mezzo, dipingendo ritratti vividi dell'esperienza di vita di ognuno. Ogni poesia è una finestra sul profondo dell'anima, che offre conforto, comprensione e un profondo senso di connessione a coloro che hanno vissuto emozioni e situazioni simili. Con un tocco delicato, l'autrice crea abilmente versi che risuonano con i lettori di tutti i ceti sociali. Queste poesie sono un riflesso dell'esperienza umana universale, che cattura l'essenza delle emozioni condivise e le complessità dei viaggi personali. Attraverso le sue parole, l'autrice invita i lettori a trovare conforto nelle proprie esperienze, ad abbracciare la bellezza della vulnerabilità e a scoprire la forza dentro di sé.

I lettori che si addentreranno nelle pagine di Quill of Written Voices saranno ispirati a continuare a lottare, a vivere e a sognare. Le parole di Nery Joy servono a ricordare che la vita è un arazzo di alti e bassi e che anche nei momenti più bui c'è sempre speranza. Attraverso immagini suggestive e metafore toccanti, l'autrice incoraggia i lettori ad abbracciare le proprie storie, a trovare coraggio nelle proprie vulnerabilità e a cercare la luce anche in mezzo all'oscurità.

Le poesie di questa raccolta sono una testimonianza del potere delle parole e della loro capacità di toccare gli angoli più profondi del cuore di ogni individuo. A ogni giro di pagina, i lettori saranno catturati dalla capacità dell'autrice di dipingere emozioni con la sua penna, di infondere vita alle parole e di creare una sinfonia di emozioni che si riverberano nell'anima.

The Quill of Written Voices non è una semplice raccolta di poesie; è un invito accorato ad abbracciare l'intero spettro di emozioni che fanno sentire ciascuno se stesso. Serve a ricordare che la vita è un viaggio bellissimo, disordinato e straordinario e che, attraverso il potere delle parole, tutti possono trovare conforto, ispirazione e la forza di continuare a lottare, vivere e sognare.

Alla fine, i lettori chiuderanno il libro con un rinnovato senso di apprezzamento per la complessità della vita, una più profonda comprensione delle proprie emozioni e una profonda connessione con l'esperienza condivisa da ogni individuo.

The Quill of Written Voices è una testimonianza del potere della poesia di toccare i cuori, accendere le anime e ispirarci ad abbracciare la bellezza e le sfide dell'essere vivi. A ogni pagina, i lettori saranno conquistati dalla capacità dell'autore di evocare emozioni, provocare introspezione e lasciare un segno indelebile nei loro cuori e nelle loro menti.

Contenuti

Il colore preferito dai ciechi	1
Canzone del nostro tocco	3
Anima in vendita	6
Penombra	8
Fiore di melanzana	9
La guerra della speranza	12
Portami	14
Il corvo cattivo	16
Sinfonia dei cuori sommersi	18
Tagay, Waraynun: Il richiamo del cameratismo	29
Bacio della buonanotte in via Cuor di Leone	30
Malinconia	33
La canzone del blues	34
La ninna nanna della libertà	35
Domani chimerico	37
Arte della società	39
Impostatore	40
Arte delle parole	41
Amore appassito	42
Azalee	43
Anima del mattino	44
La farfalla della sua promessa	45
Desiderio	47
Disperazione	49
Un consiglio	50
Colore indolore	51

Combattenti della foresta	52
La paura dentro	53
L'ombra della realtà	54
Perdonare per essere liberi	56
Lettera di addio	57
Il desiderio del cuore senza speranza	58
Ti ricordi di te?	60
Oceano senza speranza	63
Forte	64
Illusioni dolorosamente dolci	65
Il filo della vita	66
Echi di speranza perduta	67
Persi nei sussurri	68
Risonanza delle assenze	70
La luce dentro di noi	71
Capisco ciò che non capisco	72
Sull'autore	*73*

Il colore preferito dai ciechi

Mi chiedo sempre come sia il mondo,
Quale potrebbe essere la differenza tra il tramonto e l'alba?
Voglio vedere la bella mattina e la fredda notte,
Sotto il cosiddetto cielo che ha stelle che brillano.

Cosa significa essere belli?
Me lo dicono sempre tutti.
Mi chiamano "bella" o "adorabile".
Sento anche che alcuni direbbero: "Sei brutto".
Mi chiedo se abbia lo stesso significato.
Spero di avere occhi che possano vedere attraverso uno specchio.

Alcuni mi chiedono quale sia il mio colore preferito,
È rosso, giallo, blu o viola?
Sarò anche cieco, ma conosco la risposta...
È marrone e non altro.

Il marrone è composto da due colori di vita.
Euforia e dolore.
Il colore visto dal nostro cuore viene sempre ignorato,
Molti non se ne rendono conto o semplicemente non lo sanno.
La tonalità della luce rappresenta il tamburo della risata e della grande gioia interiore;
Una sfumatura di oscurità porta il simbolo del dolore.

Il mio colore preferito urla il significato di "vivere",
Dobbiamo sempre guardare avanti e pensare a ciò che possiamo ottenere.
Potremmo piangere, farci male, fallire,
Ma la rinuncia non è sempre un'opzione: in noi stessi, dovremmo credere!

Il mio colore preferito può rappresentare la cupezza per molti,
Ma come mia madre mi ha spiegato il significato di 'bellezza',
Ho capito che il marrone non riguarda l'invecchiamento e l'agonia.
Questo colore nasconde purezza e sincerità.

Se si arriva al mondo dello sconforto,
Dipingete il colore marrone nella vostra testa.
Sfumate il vuoto con la risposta al perché siete vivi,
L'oscurità impetuosa dentro di voi: non abbiate paura.
Riscaldate il vostro cuore con l'abbraccio di una battaglia senza fine.
Battaglia di ispirazione,
Lasciate che il vostro cuore sereno faccia emergere la vostra ambizione.

Canzone del nostro tocco

Cotoni soffici che camminano sul soffitto blu,
Piangeva sull'erba in lutto.
Linee colorate dipinte attraverso i colori vivaci,
Svanito in un batter d'occhio.
Ieri i rimpianti e la disperazione hanno camminato sull'isola della mia vita,
Mi ha baciato la bellezza dell'oscurità e l'ha abbracciata.

Mi chiamo Kifa,
Il bambino che è nato con un destino opaco.
Mia madre mi ha lasciato nelle mani della terra,
Che si è preso cura di me fino alla vecchiaia.
Ho imparato a danzare con il vento di ieri,
E ha cantato con le ninne nanne del presente.
Il giorno dopo mi insegnerà come vivere una vita nella battaglia dell'inferno,
Il mio viaggio brucia di dolore e agonia.

Non conosco il nome della donna che mi ha messo al mondo,
Né ho alcuna conoscenza della mia famiglia.
Ricordo solo la bellezza...
La bellezza della natura, che mi ha salvato.
L'erba calda mi teneva per mano;
Ha portato l'amore nel mio cuore freddo.
Gli alberi si inchinano sul mio viso,

Mi ha portato nel mondo delle meraviglie.
La melodia mi sfuggì dalla gola,
Gli uccelli cantavano ninne nanne con il mio canto di speranza.

Diverse volte mi sono imbattuto in questa situazione,
Una vaga apparizione di qualcuno.
Uno splendido filo di capelli ondeggiava alla luce dell'arcobaleno,
Le labbra sottili risvegliano il mio cuore.
Una voce morbida e melodiosa mi sussurra nelle orecchie,
Un amore che non ho mai incontrato nel mondo reale.

Una scintilla di tatto striscia nella mia anima,
Eppure dubito del suo significato.
La sua voce parla delle sfumature del nostro legame,
Rompere il disegno della fiducia.
Madre - dicono - lo è,
Eppure è difficile portare avanti la fiducia.
La dubbiosità si risveglia nella mia testa,
Galleggiando sulla superficie di un'infanzia affamata e vuota.

Un giorno, i miei piedi camminarono sul fiume liscio,
Canticchiando sulla superficie delle assenze, la mia bocca lo ha fatto.
Poi, le mie orecchie hanno avuto un fremito per la risposta da lontano,
Proveniente dall'interno della foresta oscura: chi può essere?
Sono spaventato, ma non lo sono,
Ha portato avanti l'armatura dei secoli,
Mettersi in pericolo,

Chiunque venga a mettere la mia morte sul filo del rasoio,
Verrò a preparare la mia anima sul crinale, dico.
La voce melodiosa continuava a rispondere al mio ronzio,
Finché non ha iniziato a seguire il mio percorso.
Il mio cuore ha riflettuto: no, non ho paura,
Qualcosa si risveglia in me e mi porta alla speranza.
Madre, è la parola che risuona nella mia testa.
Non sono pronto per l'uso! Nascondimi!

Una splendida donna è apparsa davanti al cielo,
I fili dei suoi capelli danzarono ancora una volta nell'arcobaleno.
Entrambi canticchiamo la ninna nanna di un amore vago...
È stata lei a scriverlo per me quando ero bambino.
Madre; non se n'è mai andata.
Sono io che mi sono perso nel frattempo.

Anima in vendita

Il fuoco del dubbio mi ha investito la testa,
Ho chiuso gli occhi e ho visto l'aquila dell'odio.
Mani sulle rotaie della morte,
Toccò le tinte dell'inferno sul terreno.
Svegliato da un altro mondo.
Ha avuto una vita di una ferocia reincarnata.
Ho chiamato il nome del cielo,
Eppure bloccato sulla bocca di un kismet indignato.

Baciato con l'appellativo di Luce delle Tenebre;
È stato un errore, dico io.
Disegnato nel galateo del destino,
Dentro il vuoto, piango senza lacrime da solo.

Metto in dubbio l'esistenza di ansia e depressione,
Le mie ali sono volate via per la disperazione,
Ember of sunlight lotta struggente,
Ha esalato il suo ultimo respiro, scusandosi con me.
Ho cercato di correre per salvarlo,
Tuttavia, era ormai troppo tardi per portare con sé coloro che erano scomparsi.

Ho dipinto il mio destino su un cartello...
Sono in vendita, ho scritto.

Rimasi solo davanti al vuoto,
Aspettando che qualcuno passi e compri la mia vita.
Ho paura, sono dubbioso, sì,
Eppure sono stanco di aspettare il seguito.
Ha calpestato la morbida strada della saggezza,
Ha rotto il ponte di una luce più luminosa davanti a sé.

Perdonami, perché non ho motivo di mantenere la mia vita nel mondo,
La morte chiama il paradiso della solitudine...
La mia vita, sì, lo è.
La spada dell'ultimo respiro è passata,
Perché ignorare il piacere che sbava sul legno del mio petto?
Sono ancora invisibile agli occhi della vendetta?
Implorato con le mie ginocchia sanguinanti sul fiume di spine,
Mi sono inginocchiato finché il tormento non ha ucciso il mio respiro.

Penombra

Quando la luce del sole accarezza il destino,
Appare dietro di me la più grande persona che conosco.
Non sa come parlare,
Eppure sa ascoltare.
Memorizza tutto ciò che faccio,
Non ha mai mancato di impersonare ogni mia mossa.

Potrebbe essere nata muta,
Ma ammiro il modo in cui ridiamo insieme sotto la luce del sole.
Non si è mai fatta avanti mentre camminavamo insieme sull'autostrada,
Vuole sempre stare al mio fianco o dietro di me.
Non conosco il suo nome,
Eppure la chiamo Penumbra.

Fiore di melanzana

La vernice screpolata brulicava sulle pareti,
I ragni hanno disegnato gli angoli con le loro ragnatele.
Foglie cadute dalle piante sulla finestra,
Il dipinto sulla tela è rimasto sul suo supporto dietro la porta.
Il letto non fissato è rimasto al suo posto per settimane.

Una donna in sedia a rotelle siede davanti alla vetrata,
Riversa nei suoi occhi la compassione su se stessa.
Mani tremanti sulle sue deboli gambe,
È diventata la forza per resistere ai giorni rimanenti.
Sorriso con milioni di parole da raccontare,
Scomparso con pallida passione.

"Solo il fiore della melanzana può far tornare il sorriso al cuore appassito,
Eppure sarà il simbolo dell'ultimo respiro".
La felicità scorre nel suo tono di malinconia,
Nei suoi occhi brilla una sfumatura di grande gioia.
"L'amore parla nel suo tempo immobile,
Sotto le ore di una lunga corsa si nasconde il cuore, non i desideri".

L'odore della sua saggezza si annidava sulla punta del mio naso,
Tuttavia, la mia lingua è sfuggita.
Modificare il gusto della sua tonalità è faticoso.

Il fiore di melanzana, simbolo della sua morte?
Perché una bella creazione è diventata l'angelo della morbosità?
Forse dietro la porta chiusa si nasconde la risposta,
La cercherò; la chiave prende in prestito un debito nascosto sulla propria persona.

"Cara, la vetta dei tuoi sogni è lontana come le stelle -.
È difficile salire le scale senza trattenersi.
Allontanarsi, allontanarsi e allontanarsi, allontanarsi e allontanarsi,
Tuttavia, pensate che sia la strada giusta per realizzare il vostro desiderio?".
Non capii nessuna parola dalla sua bocca,
La sua visione sussurrava il blu della notte.
Scriverle ad occhi bendati su un foglietto rosso.
In mezzo all'oscurità, si accende il fiore di melanzana.

I giorni passano, la sedia a rotelle si svuota,
Una foglia di un albero volò su di essa,
Baciò l'odore del suo profumo preferito, il legno di sandalo.
Zefiro visitò, scacciando la foglia,
È venuto dopo una farfalla blu,
Ha appoggiato le zampette sul vetro della finestra e mi ha fissato.
L'ho salutato e ha sbattuto le ali come per ringraziarmi.

Il fiore di melanzana dalla finestra,
Seduto, china la testa a terra, sta morendo.
Un sorriso amaro si è incurvato sulle mie labbra,
Desiderare il suo dolce sorriso ogni mattina - la nonna.

Una notte, un sogno mi ha fatto svegliare,
Un fiore di melanzana tenuto in mano.
Mi stava sorridendo.
Sta camminando su un vuoto senza fine,
Il fiore si illuminò, indicandole la strada da seguire.
Ora capivo perché aveva aspettato che il fiore sbocciasse e morisse -.
È il suo angelo custode nell'aldilà.

La guerra della speranza

I cieli pieni di speranza sono stati oscurati dal fuoco dei cieli,
Piove sulla terra abbandonata
-I proiettili della fantasia di ieri.
Richiamando il nome del soldato con il cuore spezzato...
Spezzato dal grido di dolore del corvo.

Difensori del bambino non vestito,
L'alleanza della grande impotenza.
Portare nel mondo del perdono
Qualcosa che un tempo il corvo della notte divorava: la speranza.

Domani il fuoco del cielo soffierà di nuovo il vento del dolore,
Ahimè! I soldati si presenteranno per sostenere la battaglia dell'inutilità.
La valle dei sorrisi si è assottigliata.
Coloro che non gli erano compiacenti morirono per mano loro.
Perdonate, perdonate, perché sono sordi al grave errore.

Le trombe soffiano verso ovest.
Ahimè! La bellezza dei cuori è stata ingannata dal destino.
Richiama le grida dell'opposizione,
Portate le bandiere con proiettili di orgoglio.
Tenere le mani sul pendio della morte prematura,
All'interno della corteccia del futuro batte un nucleo incandescente.

La ninna nanna della canzone dimenticata

Lacerato era il filo dei cuori,
Lungo il percorso degli archi, i ricordi sanguinavano.
Piange, lo fa,
Ma non sono lacrime di inganno.
Il cielo condannato tuonava sotto i grandi segni della solitudine,
. Ecco, la tonalità del vento soffiava all'alba verso sud.

Canticchiando da solo presso la riva,
I torrenti dell'ira infuocata rotolavano.
Continuava a **canticchiare**,
Chiamando colui che aveva dimenticato la sua esistenza.

Occhi scintillanti nell'ovest,
Diventò la luce del carbone morente della vita.
Respiro in ogni flusso,
ostacolato i sussurri nefasti delle foglie.
Nel cielo arancione, disperso,
sagoma dell'angoscia e del tormento impetuoso dei desideri.

Portami

Nel vuoto si sentivano le grida dei gufi.
Nuvole scure che scendono sulle acque incontaminate...
Ah, la solitudine: ecco cos'è!
Portami, portami
Il mio vero amore, che con il suo ultimo respiro ha mostrato pietà.
Vasi rotti di promesse, ne troverò ogni pezzo.

Portatemi la matita colorata di ieri,
Lo userò per colorare la tela del terrore.
Ahimè! Non ho alcun rimorso per le numerose lacrime che sono scese in tutto lo spazio.
Trattieni la mia lingua,
Abbracciate l'angelo del cuore solitario.
Piangere, piangere, piangere,
Finché le lacrime non si asciugano sul mio viso.

Oh, mio Dio! La strada percorsa dagli sconfitti,
Uno spazio confinato che pullula di mostri... Oh mio Dio, sono terrorizzata!
Dove si possono trovare le ali di luce che portano a un sorriso migliore?
Oh, lo chiedo umilmente.
Portatemi la persona di cui desidero possedere la vita.
In questo viaggio apocalittico, lui è la luce.

L'aquila di profondità dell'oceano,
Si è elevato al di sopra dei milioni di ostacoli della vita,
Oh, portatemi quell'aquila che potrebbe portarmi lontano da dove sono.
Morire per mano di creature fameliche,
Per essere inghiottito: sono insufficiente.

Portatemi l'affetto di una persona che mi manca davvero,
Ho sete di quel bacio dolce e accogliente.
Stretti nei nostri nudi legami di perdono,
I pesi e i dolori della beatitudine del futuro.

Il cielo singhiozzante ha ancora una volta segnato il mio destino,
Ho urlato il suo nome mentre annegavo nella distruzione.
L'amore che cercavo non l'ho più trovato,
Mi sono sdraiato sulla strada vuota e dolorosa.

Il corvo cattivo

In cima all'antico albero velenoso,
Il corvo dispettoso dell'inverno è seduto.
Gracchiare, gracchiare, gracchiare,
Chiamare le mandrie della notte alla luce del sole che brucia l'idiozia.

Ho richiamato la sua attenzione e ho fatto segno di tacere,
Sorrideva e ballava sull'albero stoico... e io correvo di corsa.
Sì, sono molto terrorizzata da quel terribile, terribile corvo!
Mentre correvo, ho girato la testa;
Ho visto che ha finito di ballare e mi sono inchinato.

Il giorno dopo sono andato a sedermi nello stesso posto,
Il corvo dispettoso atterrò ancora una volta sul vecchio albero.
Sono terrorizzato, questo è vero, ma sono rimasto seduto.
Ancora una volta, ha iniziato a gracchiare, richiamando le mandrie notturne,
Non l'ho mai scacciato e ho ascoltato la sua canzone.

La pelle d'oca si insinua nella mia pelle,
Tuttavia, qualcosa si è fatto sentire.
Il corvo smise di gracchiare.
Ahimè! Mi ha dato una seconda occhiata mentre ero ancora al mio posto.
Ieri è successa la stessa cosa, ma ho deciso di non correre.
Il corvo sussultò per la sorpresa, scuotendo la testa,

E pronunciò un saggio consiglio.

"Giovane, la morte chiama qualcuno che sia meno torturato.
La tonalità del cielo non è quella che sembra a prima vista.
Volare fino alla luna di scrutinio.
Scoprirete come aprire il vostro cuore al mondo.
Fiori di petunie in fiore vicino alla roccia,
Giardini lungo l'oceano profondo.
Il cuore della montagna bassa è disseminato di frammenti di vasi.
Assorbendo la luce del sole della morte,
Portato dall'agonia della sera".

Prima che potessi dire una parola,
Il corvo si allontanò dal vecchio albero.
Svanito verso l'orizzonte.
Il giorno seguente,
Sono di nuovo seduto sulla panchina nella foresta selvaggia,
Attese l'arrivo del corvo dispettoso sul venerabile albero...
Ahimè! Mi sentivo scoraggiato.
Non fu mai più visto.
Ciononostante, il saggio consiglio persisteva nella mia testa.

Ho spinto i piedi fuori dalla fitta foresta,
Mi portai a casa e cominciai a riflettere su quelle parole.
Solo, sì, sono solo - non sono riuscito a capire l'indovinello.
La mia mente cominciò a crescere con qualcosa.
E arrivò la risposta di domani.

Sinfonia dei cuori sommersi

Era il settembre 1939,
Mi sono ritrovato in piedi vicino alla linea.
Da solo, sì, sono...
Con addosso vestiti stracciati e sporchi;
La senape secca mi ha schizzato sulla guancia.
Mani che stringono una sciarpa nerazzurra sfilacciata.
Aggrappati alla mia logora camicia verde,
Un foglio con il mio nome, l'età, la destinazione e la data di nascita.

Bambini con i loro bei cappotti;
Documenti appuntati sui colletti,
Le loro mani si aggrappavano alle grandi valigie.
Genitori che abbracciano i loro cari,
Amore e sacrificio erano impressi sui loro volti.
Il coraggio, nei loro tamburi del cuore.

La scoreggia del treno mi ha fatto capire che mi ero perso,
Imbarcarsi, e fermarsi davanti alle facce sconosciute di nessuno.
La speranza nel mio cuore è salita in cielo,
Pregare per una mano che riscaldi il mio cupo futuro.

"Bambino, dove sono i tuoi genitori?
Perché le tue scarpe sono lacerate da proiettili provenienti da mille piani?".

Con mia grande sorpresa, non ho visto nulla,
Una bella ragazza dietro di me mi osservava in silenzio.
Il colore dell'arcobaleno morente nel mio cuore,
Ancora una volta ha acceso la sua luce nel cielo.
Mi voltai e nascosi il sorriso sotto il petto,
Pronto a pronunciare la sinfonia della mia vita.

"I tuoi occhi parlano di cento colori di ieri,
Eppure non c'è traccia di matita sulle labbra.
Puoi portarmi uno schizzo del tuo viaggio, bambina?
Racconterò la tua storia in un libro da far leggere alla gente".

Mi interruppe proprio mentre l'orchestra cominciava a suonare nei miei polmoni,
Ho rivelato la curva dell'emozione e ho scosso educatamente la testa.
"La vostra generosità ha portato i miei piedi a un grande apprezzamento,
Eppure non voglio che nessuno conosca la mia situazione.
Mia madre e mio padre mi hanno sigillato sotto i loro piedi di fardelli,
Non voglio prendere in prestito un altro dolore dietro le belle tende".

"Potreste chiedere: sotto quale tetto porterò la mia testa?
Chi mi darà da mangiare pane fresco e caldo?
Chi preparerà il mio letto?
Chi mi coprirà le orecchie e mi avvolgerà dal terrore?
Non devi preoccuparti per me, splendida signora, perché starò bene.
L'indomani mi disegnerà il futuro del suo disegno".

Le parole non le sono sfuggite dalla lingua,
Un bel sorriso è rimasto sul suo volto.
Ho spostato i piedi dalla coda,
E si diresse verso la porta del treno in partenza.
Ha alzato la mano e mi ha salutato con la mano,
Nei suoi occhi, ho visto la bellezza e l'onestà.
Il cielo del futuro piagnucoloso,
Mi ha donato la fortuna del destino imminente.

Mi sono seduto insieme agli altri bambini della mia età nella piccola cabina,
Assistere al pianto sommesso di altri che chiamano i loro genitori.
Non ho pronunciato alcuna parola su di loro.
Il silenzio porta grande pace e conforto a chiunque sia in difficoltà.
I miei occhi catturarono la barra in corsa...
Versa lacrime di dolore,
Via, via, salutava tutti i passeggeri del treno.
"Addio per ora, casa mia; ci rivedremo presto".

Andare avanti in questo viaggio,
Mi sono svegliato quando ho sentito di nuovo il forte rumore del treno.
Sollevando le palpebre dalla mia vista,
Davanti a me si stagliava l'immagine nebulosa di una giovane ragazza.
I suoi occhi nocciola si sono incollati ai miei.
L'ha portato via prima che potessi farlo io.
Corse rapidamente fuori dalla cabina; gli altri la seguirono,
Senza saperlo e confuso, sono andato a cercare la strada aliena.

"Bambino, ci siamo incontrati di nuovo.
Che mondo piccolo che abbiamo!
Posso sapere almeno il suo nome?
Per ricordarmi di te per il resto della mia vita.
L'indomani mi sarà concesso un altro mondo in cui vivere,
Dove posso riposare e osservare tutti in pace".

Ancora una volta, i nostri piedi ci hanno condotto l'uno all'altro,
L'arcobaleno addormentato si svegliò per la seconda volta,
Illuminando l'oscuro dolore sotto il mio petto.
Non trovo alcun motivo per farle compagnia,
Eppure il battito del destino spingeva la mia bocca a versare la mia vita.

"Mi chiamo Liam Ali Nithercott,
I miei genitori mi hanno abbandonato sulla soglia del risentimento.
Sono cresciuto per essere lo schiavo di qualcuno - ahimè!
Il mio sangue si è colorato d'ira.
Non c'è motivo per cui io debba dirvi tutto di me,
Eppure lei sembrava essere una grande signora.
Vi auguro il meglio nella vostra vita,
Che tu possa essere sereno e felice nel tempo che ti rimane".

Non mi importa nulla di come si sentirebbe lei,
L'odio non mi porta generosità.
La maledizione dei miei genitori in me è sigillata,
Una volta il mio cuore si è schiantato, ma è stato riparato con ferocia.

Non intendo inchinarmi con grande insolenza,
Si dà il caso che si sia imbattuta in una sfacciataggine.

I miei piedi mi portarono in una vecchia e piccola casa,
A pochi passi da dove il treno mi ha lasciato.
Ho bussato alla porta tre volte,
Nessuno ha risposto.
Picchiettai di nuovo le nocche sulla porta di legno,
Ma non è riuscito: non c'è nessuno all'interno.

"Bambino, cosa stai facendo?
Vi siete persi in questo momento - Ahimè!
Lascia che ti dia una mano, giovane".
Di nuovo la voce della giovane donna.
È un po' una seccatura nella mia vita,
Voglio sbarazzarmi di chiunque non sia il benvenuto nel mio viaggio.

"Ti porto pace e perdono, splendida signora,
Eppure mi stai dando fastidio.
Potresti portare i tuoi piedi da qualche altra parte?
Dove non potresti mai vedermi.
Apprezzo la sua gentilezza,
Tuttavia, vi darò un po' di riposo.
Il vostro desiderio di aiutare chiunque - sono felice di sentirlo!
Ma non ho bisogno della mano di nessuno.
Portate avanti la vostra attività da soli,
Io penserò alla mia da solo".

Sapevo che era dispiaciuta delle mie parole,
Eppure un sorriso è rimasto nella sua calda presenza.
Rimase a fissarmi, come se cercasse di leggere le frasi nei miei occhi,
Il mio viso rimase davanti alla porta.
Poi ha alzato la mano, tenendo in mano una grande chiave,
I suoi occhi si riempirono di lacrime.

Il cielo ha riversato la vergogna sulla mia testa,
La vernice dell'imbarazzo colorò la mia pelle pallida.
Ho abbassato la testa e mi sono scusato -.
Ingoiare il proprio orgoglio è così difficile.
Mi sono inginocchiato davanti a lei,
Piangere fino a quando le ferite non hanno ricominciato ad aprirsi -.
Le ferite delle spade di ieri nel mio collo.
La schiavitù mi ha insegnato a diventare un bambino duro e senza vergogna,
Dolore e un futuro incolore, chiuso nelle catene della sconfitta.

"Bambina, come sei inciampata davanti alla mia casa?
Non so se verrà qualcuno, tranne mio figlio.
Chi ti ha mandato qui - ti prego, dimmi il nome.
Forse vi siete persi, ma posso mettervi il tetto sulla testa come se foste miei".

"Perdonatemi, perché non so dove andare.
I miei genitori mi hanno lasciato: dove sono? Non lo so.
Ho trovato questo suo indirizzo vicino alla finestra:

Perdonatemi, perché voglio avere una casa.
Sono alla disperata ricerca di pane per riempire la mia pancia.
Desidero un braccio caldo che riporti la sinfonia del mio cuore.
Un futuro che non so cosa significhi.
So solo che vivo in un mondo vuoto".
La splendida signora piangeva di più davanti a me,
I suoi occhi non parlavano di agonia.
Era pieno di felicità e di gloria,
Il che mi ha portato a chiedermi e a indagare.
"Mio caro, sei il figlio che ho aspettato per troppo tempo.
Tu sei quel bambino che desidero sempre cantare una canzone.
I tuoi occhi dicono tutto,
Quanto hai desiderato l'amore e le cure di qualcuno.
Perdonami, figlia mia - mi addolora dirlo -.
I miei occhi non hanno riconosciuto la tua posizione".

Non ho scritto una parola,
Il silenzio è ciò che ha sentito.
Il sapore amaro del destino,
Ha raggiunto il fondo della mia lingua.
Angoscia, a cui il mio cuore si aggrappava,
Avrei voluto non incontrarla mai, né venire,
Non perdono nessuno - no, dimenticherò tutti!

I miei piedi cominciarono ad allontanarsi,
L'agonia ha fatto a pezzi il mio cuore.
Le mie dita corsero al foglio appeso alla camicia…

L'ho tirato via con forza.
Il liquido cristallino pioveva sulle mie guance sporche,
Più mi sentivo debole.

"Il tuo cuore mi ha sussurrato all'orecchio;
L'ho sentito, figliolo.
Non lasciate che l'odio vi divori completamente,
Lasciatemi sistemare l'orchestra del nostro rapporto.
Guardate il colore del vento all'orizzonte,
Osservate la bellezza dell'oceano che un tempo sognava di raggiungervi.
Lascia che la mia mano asciughi le lacrime di dolore,
Lascia che io colori la tua vita ancora una volta".

"Ho solo dodici anni, mamma,
Ma avevo imparato molte cose sul mondo:
Una volta che le stelle hanno fatto piovere la luce della saggezza,
Brillerebbero anche nella camera più buia.
Una volta che il fiammifero brucia,
Non tornerà mai alla sua forma originale.
La bellezza non dipende dalla luminosità della pelle.
Ma quanto è bello il cuore di lei o di lui.
Tutto nel mondo non è come si pensava.
Fate attenzione quando vi fidate di qualcuno: le corna non si vedono mai subito".

"La tua sinfonia avrebbe potuto chiamare il mio cuore ad avvicinarsi a te,
Eppure non desidero che il mio destino si imbatta in qualcuno che mi abbia portato dolore.
Non c'eri mai quando avevo bisogno di stare in piedi,
Ora sembrate felici di vedermi trattenere i colori dell'arcobaleno.
Desideravo che qualcuno mi portasse del pane caldo con un piatto di estasi,
Ma non vorrei che mia madre mi portasse una cosa del genere,
Ahimè, "Madre" mi mette una spada nel cuore: non ti chiamerò più!
Non meriti nessuno, mi hai abbandonato a soffrire...
In cambio di carte con quantità di abbondanza".

Con ciò, i miei piedi continuarono a scalpitare per l'addio,
I suoi occhi urlavano di colpa e di perdono -.
Eppure, non mi dispiaceva.
Ho lasciato che la furia mi inghiottisse completamente,
Il sangue ha maledetto la parola che descrive il suo nome - scarica la colpa su di lei, non su di me!
La visione dei miei sorrisi distorti insieme a qualcun altro si è allontanata,
Non succederà mai, mai nella mia vita!

Passarono i giorni e mi ritrovai senza tetto.
Chiedo un centesimo alle persone che passano; a loro non importa nulla.
Bussando a tutte le porte,
Mi ha tenuto la mano per un piccolo pezzo di pane.
Spaventati, sorpresi, urlanti.

La maggior parte mi guarda con terrore.
La mia pancia brontola per la fame,
Eppure non ho nulla per riempirlo.

Senza speranza, mi sedetti vicino alla staccionata,
Mi chiedo: come devo iniziare?
Le ombre delle mie parole sulla donna cominciarono a crescere davanti a me,
Sono ferito, tradito dalla mia stessa esistenza.

"Figlia mia, figlia mia, ascolta la sinfonia dei nostri cuori divisi,
Portate la musica dei fiumi che vi chiamano sotto di voi.
Lasciate che il sentiero sia fissato con l'abbraccio della gentilezza,
Portate le vostre mani fredde nel fuoco dell'amore".

Il mondo si sollevò quando la voce rassicurante di una donna mi giunse all'orecchio,
Letargico, alzai la testa alla vaga immagine di qualcuno davanti a me.
L'arcobaleno sottostante tremolava di gioia,
Con quella sensazione, sapevo chi era: la madre,
La donna che ho maledetto per il resto della mia vita.

L'orgoglio mi è rimasto impresso nel petto,
Eppure la mia lingua dormiva sulla bocca sigillata, pallida e secca.
Le mie mani tremanti strisciavano gradualmente,
Implorando pane caldo per riempire il mio ventre morente.
"P-Per favore... un pane... caldo".
Riuscivo a malapena ad aprire la bocca. Incolpa me!

"Zitta, bambina mia, ti riporterò a casa.

Tra le mie braccia, non vivrai mai più nella sventura.

Permettetemi di rimediare agli errori che ho commesso.

Lasciate che vi mostri l'amore che non c'era più da tempo".

"Perdona, perché avevo paura delle cicatrici che mi avrebbero potuto far vergognare.

Ti ho lasciato in cambio di cinque e dieci sterline.

Non sento alcun motivo per lasciarti indietro,

Ma la vita da vagabondo che ha attraversato il lampo dell'incertezza ha tirato la paura in me".

Le sue parole sono risuonate fino ad oggi, quando i miei capelli sono diventati grigi,

Mentre la mia penna curva ogni lettera di questa poesia, i suoi sussurri mi chiamano all'orecchio.

Lacrime di solitudine e di angoscia che una volta ho condiviso con lei,

Il desiderio di sostituirla con una sinfonia gioiosa bussa al mio cuore.

I rimpianti mi divorano ogni giorno,

Ma la carezza del perdono porta la speranza nel cielo.

La sagoma del destino tra i cuori spezzati,

Diventerà il ritratto del vero amore e dell'odio.

Tagay, Waraynun: Il richiamo del cameratismo

"Tagay, doy; Tagay, day!".
"Tagay, Lo; Tagay, nay!".
Un bicchiere pieno di vino rosso abbracciato da una mano,
Il richiamo all'unità: è ciò che rappresenta.
Un solo sorso equivale a un milione di felicità,
Curva di apprezzamento mostrata in tutte le labbra.

Tuba è quello che si chiama,
L'orgoglio di Waraynun; è rimasto lo stesso.
Ogni fiesta, ogni occasione,
Non mancherà mai sulle tavole di Leyteños e Samarnons.
"Bahal nga Tuba " - ciò che i bevitori cercano soprattutto,
Nella loro gola si annida il sapore dell'amarezza,
ma delizioso e dolce.

Orgoglio unico dei Waraynun,
Unisce tutti.
"Bahal nga Tuba" sul tavolo,
Avvicina le persone.
Un vetro con vino rosso che gorgoglia,
Crea la musica dell'armonia inogni cuore che canta.

Bacio della buonanotte in via Cuor di Leone

Nuvole vellutate mi hanno portato al settimo cielo,
Le farfalle mi agitavano nello stomaco,
Il pensiero di te ha raggiunto l'interno del mio cuore.
Seduto davanti alla splendida vanità,
Spazzolare, far scorrere, curvare e arrossire, ho fatto.
Dopo un po' ho visto una bella donna,
Sorrisi ancora una volta, pensando che sarebbe stata una serata speciale.

Lasciando cadere la vestaglia stretta sul pavimento,
L'elegante abito fit-and-flare mi abbracciava.
Infilai i piedi nei sandali bianchi con tacco a due dita,
E verso la porta ho camminato dritto.

Ci siamo incontrati in Lionheart Street,
Mi hai portato la mano alla tua vecchia, ma dolce, macchina.
Hai tirato fuori qualcosa dal retro,
E davanti a me apparve un romantico bouquet di anemoni.
Le lacrime mi hanno riempito gli occhi di felicità,
L'hai asciugato con un bacio delicato.

Ci siamo recati al bar più vicino,

Abbiamo condiviso una fetta di torta alla vaniglia, sbavando un cioccolato agrodolce.

Il sapore di un morso è un po' diverso.

Lo adoro.

Il suo sorriso emanava l'aura del crepuscolo,

Fiorisce nel mio cuore il tuo nome, per sempre.

Ogni schizzo del nostro tocco,

Sembravano mille fuochi d'artificio che danzavano alla luce delle stelle.

Alle nove di sera,

Mi hai preso la mano fuori dal bar.

Mi hai portato alla tua macchina,

Ci siamo recati in un altro luogo per goderci il nostro momento.

Ci sedemmo vicino al lungo ponte,

Abbiamo guardato le stelle che ci salutavano.

Abbiamo parlato, riso, scherzato,

Finché il silenzio non ha sigillato le nostre bocche.

Poi, all'improvviso, una voce mi liberò le labbra,

Quando mi hai chiesto qualcosa che meno mi aspettavo...

"Vuoi essere la mia ragazza?"

Non ho potuto rispondere alla sua domanda,

È stato piuttosto sorprendente, lo ammetto.

Non so cosa sia successo dopo,

Tutto ciò che ricordo è un caldo, morbido, gentile labbro -.

Ci siamo baciati!

Dopo la splendida notte,
Mi hai riaccompagnato a Lionheart Street.
Le tue labbra si posarono sulla mia fronte,
Sussurrò il più dolce dei baci della buonanotte.
La mia mano ha stretto la tua alla mia, come se non volesse che tu te ne andassi,
Cosa che speravo di fare.
Le lacrime mi hanno riempito gli occhi, non so perché.
"Ti amo", ho sentito.
La mia bocca era sigillata, incapace di pronunciare le parole -.
Tutto è semplicemente travolgente.
Mi hai chiesto di lasciarti andare,
E finora mi sono pentito di averlo fatto.

Si è incamminato verso la macchina,
E l'ultima cosa che ho visto è stato il tuo sorriso prima che un suono assordante ci investisse.
I miei occhi si sono aperti; tu non sei mai stato lì.
Poi qualcuno mi ha sussurrato all'orecchio.
Mi hai salutato volentieri,
Perché non ci vedremo mai più.
Non per ora, non per domani,
Ma ci incontreremo di nuovo in cielo.

Malinconia

La luce inizia a svanire,
Il freddo abbraccio è arrivato ancora una volta.
Il battito delle speranze,
Addolcita in un pianto silenzioso.
Onde morbide della melodia interna,
Si è scatenato nella disperazione.

La follia ha chiamato la mia anima.
È un mio amico sotto le nuvole scure e i fulmini.
La forza ha lasciato il mio cuore,
Le speranze morte si accesero in me.

La canzone del blues

Sulle cime della montagna grida un violino canoro,
Sperando di essere ascoltato dall'amore di Lang Syne.
In ogni nota riecheggia la purezza e la gioia,
Ordinare al vento di chiamare le promesse perdute.

La reminiscenza del tocco del respiro del futuro,
Danza nel pensiero - il blues.
Sono arrivati gli uccelli,
Cantava la bella canzone del libretto incolore.
Che l'orecchio di Lang Syne possa cogliere il sussurro di colui che chiama.

La punta di ogni parola,
Gli occhi gridano al tradimento.
Ecco che il desiderio del cuore travolge la malinconia.
Ahimè! Mani assetate implorano clemenza-.
L'innocenza bussa alle porte della verità.

Il canto del blues deve essere ascoltato,
Non da mille orecchie, ma da una sola.
Al suono dell'infinito richiamo del violino,
Che la misericordia piova sulle sue speranze inaridite.

La ninna nanna della libertà

Sagome di catene,
Apparso in alto, nello splendido tramonto.
Le mani malate e ferite piangevano.
Implorava aiuto, ma nessuno sentiva i suoi lamenti.

Il lang syne roared-
Il senso di colpa si è risvegliato, ahimè!
"La luce cristallina della luna spezzava meraviglie e miserie,
Chiamati dalle sfumature del presagio; dietro le tende,
Attende il sussurro della vociferazione".
Lui, che ha legato l'anima bianca, ha parlato,
La sua lingua predica parole mortali;
La gente si è aggrappata al suo sudore freddo: pura assurdità!
Il sangue dello scalpellino succhiava le loro vene.

Ecco le chiavi delle catene che legavano i piedi e le mani,
Si inchina davanti all'inganno.
Esultate con occhi maligni appiccicati alle pareti,
Champagne di grande sotterfugio: egocentrico!
Benedici gli occhi che hanno visto la verità,
Tenere in esse le catene della sua sconfitta.

Il giorno dell'esecuzione ha avuto luogo,
L'anima innocente fu scortata al patibolo...

Guai! Mostra nei suoi occhi la storia incolore.
"Qualche pulzosa fanciulla nasconde una cicatrice,
Non si vede in faccia, ma nel derrière.
Non lasciatevi tentare dai mille strati di maquillage!
Non importa quanto sia spessa,
Il proprio segreto non sarebbe in grado di nascondersi".
La sua voce si è diffusa nel silenzio della folla;
Erano ipnotizzati dalla sua ninna nanna angelica.

Poi, risuonò una risposta dal nulla,
"Urla senza voce all'interno del bar della vergogna,
Le mani afferrate al mattone dell'inferno...
Che sia ascoltata;
È il cuore di cristallo della Madre.
Guardate sotto la gola di quell'essere celeste,
Un veleno dorme;
Si risveglia il quarto, e sorseggia sulla lingua per ingannare".

Lui, che parla senza volto,
Ha rubato il cappuccio per nascondere gli occhi...
Svanito senza una parola.
Loro, che hanno sorseggiato il veleno,
È stato portato nel mondo della verità.
Hanno lodato e combattuto per l'egualitarismo,
Finché le sue mani non furono liberate dalle pastoie di un discernimento ingiusto.

Domani chimerico

Darnes nel mio piccolo palmo,
l'alba a est.
Filo e aghi illuminano giocosamente il domani,
L'effervescenza incide sui visi... Ora!

"Mamma" e "Dada" -
Il suono saccarifero dell'innocenza porta conforto all'inquietudine.
Clessidra dell'alba, per favore fai scendere la sabbia;
Chiamata della pazienza: l'ho persa.

L'orchestra di baci si rifrange nella mia casetta;
L'amore neonatale canta nel mio piccolo cuore.
I miei mini piedi si muovono...
Lo senti!
Il tocco pastoso si insinua nelle mani delicate,
Il sapore del proprio nutrimento bianco è dolcemente ammirato.

Un giorno, dopo un uragano arriverà un arcobaleno,
I piedini camminavano e correvano in un burrone.
Insieme al pilastro della casa durante la notte invernale,
Le stelle dell'orizzonte hanno donato i fragili legami.

L'alba riparata sulla mia piccola palma-Formocity!
Eppure, una berceuse di malinconia mi esce dai polmoni,

La primavera è scappata, è scomparsa nel milione di chilometri di dolore.

L'angioletto con un domani chimerico sono io...

L'ottimista non nato di Bygone.

Arte della società

Libertà di parola - una volta che la bocca è morta,
La giustizia serve a chi può respirare.
Mani lisce sulla povertà - aspetta! Dite "formaggio"!
Strade dritte: aspetta, dov'è il piatto di salmone?

Clic-cloc-clic-clic,
È stato inserito nella scatola con gli alfabeti.
Il coraggio si nasconde dietro le parole formate.
Proiettili di ogni frase,
Ha incoraggiato la corda per porre fine a una vita.

Personalità" equivalente a "ciò che una persona indossa",
L'aspetto deve essere adeguato alla sua "carriera".
Rispetto": ha una laurea?
'Uguaglianza' - possiede un'azienda, due o tre?

La maledizione si nasconde sotto le righe del giudizio,
Le pagine della verità sono chiuse.
Dietro ogni arte,
Ricci la triste realtà che ha la generazione moderna.

Impostatore

Il tesoro della foglia di orchidea ha baciato la morbida perseveranza,
Oscillazione sul fondo dell'affetto corazzato
-Una pianta di cactus.
Fili di domande che si intrecciano sul pollice,
L'abbaio dell'ignoranza ha colpito le teorie-crisi!

Veleno: il guaritore dei sentimenti ritardati,
La soddisfazione si diffonde a ogni sorso.
Nuotare nel cielo degli squali...
Ammirate i denti dei coltelli che si trasformano in cuori.
Fate attenzione a ciò che vedete;
In ogni guscio si nasconde un impostore.

Arte delle parole

Libertà. Colore. Tempo.
Lavoro duro. Primavera. Acqua.
Forza d'animo. Alleanza. Diligenza. Onestà.
Amalgamazione. Estasi. Vuoto.
Disperazione. Malattia. Tormento. Assolvere. Rosso. Tempo.

Bugie bianche. Falsità sinfonizzata. Cifre spezzate.
Promesse velenose. Lama vocalizzata. Scarsità dipinta.
Grida umoristiche. Matrimonio amaro. Felicità condannata.
Incontro in senso antiorario. Intelligenza falsificata. Perdita di potenza.

Correre verso il proprio sogno.
Spingendo il fuoco del demerito.
Respirare rose; coltivare l'aspirazione.
Sorride dietro le sbarre dell'assenza di libertà.
Applausi sul petto della perseveranza.
Gridate con le lacrime del successo.
Sudore di determinazione.
Quello che vince il trofeo,
Sono le persone che non si arrendono mai.

Amore appassito

La cicoria ballava in mezzo al campo di pianura,
Una bambina lo raccolse, lo baciò con i petali...
La splendida cicoria arrossì.
Mi sono innamorato dei suoi occhi oceanici,
L'erba fiorì di gioia.

Steso sulla sua mano liscia...
Ah, è il paradiso!
Chicory sorrise,
Nella sua mano non vuole mai andarsene.
Baciate lì, baciate qui, baciate ovunque.
La felicità ha chiuso i loro nodi insieme.

Passarono anni e anni,
Chicory rimase con la bambina, ormai donna!
Cominciò a tagliare il filo che li univa,
Chicory era ferita, eppure sorrideva.

Una sera la donna tornò a casa,
La mano di un uomo era impressa sul suo polso...
La piccola cicoria è stata strappata.
Ancora una volta, la donna tagliò il loro filo.
A poco a poco, si sta rompendo.
La cicoria sapeva di essere dolorosa,
Eppure se n'è andata per un buon motivo.

Azalee

Il suo fascino si sprigiona;
Il mondo è in pace con la sua bellezza.
I suoi splendidi occhi scintillano,
La sfumatura accarezza tira l'eufonia.

Colore chiaro della pelle,
Risveglia la curiosità: perché le piace?
Una cosa così piacevole agli occhi di molti,
I suoi dolci sussurri sono ninne nanne di fortuna.

Tuttavia, non lasciatevi ingannare dalla sua bellezza,
Il suo nome è Azalea,
Il flagello pulchritudinario!
State lontani da lei se volete respirare di più.

Anima del mattino

Il sole si sveglia;
Ha dipinto il cielo con i suoi colori gialli e rossi.
Le piante hanno aperto gli occhi,
Scosse i loro capelli per portare un urlo silenzioso così armonioso.
Gli uccelli sui loro nidi,
Iniziare a fare stretching;
La loro gola prude con l'orchestra di musica...
Piacevole per le orecchie!
Il vento è finalmente venuto a farci visita,
Baciando tutti con il suo soffio fresco e gentile.

"Buongiorno", saluta il corvo con la sua lunga tromba,
"È l'ora della tua responsabilità, amico, dammi da mangiare!".
Chiama la mucca da un po' lontano, muggendo verso il cielo.
L'erba morbida e delicata solletica i vasi...
"Che l'uomo gentile mi lasci giacere da solo.
Non porto alcun danno, ma il mio amore cresce nel giardino".

Musica per le orecchie,
L'orchestra degli uccelli.
Sussulto del vento,
Tocco delicato sull'ambiente circostante.
Alberi danzanti,
Godere della carezza dell'anima del mattino.

La farfalla della sua promessa

Il crepuscolo ha baciato i nostri occhi a Ohayo,
Mani legate insieme con il nodo del nostro amore vigile.
La lingua si annidava per la sagacia;
I petti coccolano l'innocenza dei propri sentimenti.

La vostra voce sotto le stelle,
Le vostre accoglienti risate con le mie battute.
Odore dei tuoi capelli biondo scuro,
Porta una linea sulle mie labbra: sono innamorato.

"Un giorno ti troverai davanti a un altare,
Una farfalla verrà a baciarvi la fronte.
Non spezzategli le ali,
Perché è il bacio dell'addio e della passione".
I tuoi occhi parlano da soli.
Lo sbocciare di un fiore non cercato.

Colori nella mia testa,
Le nubi della paura e dell'incertezza.
Eppure il mio amore si è fatto più forte nel mio cuore,
Finché una pianta si trasformò in un albero, forte e coraggioso.
Ho camminato sui draghi, ho attraversato la morte destinata,
Nuotare sul fuoco della perseveranza,
Finché la pianta non si è fatta strada fino a diventare un albero forte.

è il mio amore per te.
Impronte di fiori appassiti si sono fermate su ogni strada,
Non me ne importa nulla; andremo avanti.
Non lo sapevo,
Ogni pezzo dei tuoi capelli li ha portati in vita per sbocciare di nuovo.

La notte prima della partenza,
In un posto dove non posso andare,
Mi stringi forte la mano,
E sussurrò la dolce melodia della tua promessa...
La farfalla sulla mia fronte.

In piedi sull'altare,
Accanto a te, sdraiato con gli occhi chiusi.
Una splendida farfalla mi ha baciato la fronte -.
Mi ha spezzato, infatti.
Perché so che sei stato tu a dare il bacio d'addio.

Desiderio

Cosa del passato remoto mi fa rimpiangere il presente?
Quali lacune esistono all'interno che nessun altro ha visto?
Quale delle due strade devo prendere?
Tenendo conto degli effetti positivi?

Se mi sento fuori dalla realtà,
Come faccio a sapere che sono sulla strada giusta?
Scendere molto in basso nel vuoto nero come la pece,
Cosa mi aspetta a terra che mi appesantisce?

Più mi addentro,
Più me ne pento.
La scatola del dolore si illumina di speranza.
Ma perché mi sento ancora così cupo e depresso?
Presumibilmente domani, quando arriva il mattino,
il sole sorgerà nel cielo.
Spero che piova per riempire questa mia vita arida.
Versami in un bel recipiente.
Ogni volta che mi sveglio, voglio la tranquillità.

Il tuo nome

Il tuo nome è qualcosa di cui faccio ancora tesoro;
È qualcosa che volevo conservare per sempre.
Il tuo nome è l'unico che voglio pronunciare;
Posso farlo, purtroppo, con un grido senza voce.
Ogni volta che mi manchi,
Voglio spegnermi come una candela depressa.
Non ho potuto fare a meno di cercarti da ogni angolazione.
Idealmente, dimenticherei il tuo nome,
Tuttavia, è semplicemente troppo impossibile.

Tuttavia, credo che un giorno,
Non penserò mai più a te nel mio cuore.
Un giorno il vostro nome si scioglierà e se ne andrà.
Il vostro nome svanirà nell'oblio.
Semplicemente, sparirà e scomparirà facilmente.

Disperazione

Tengo in pugno un'anima adorabile,
Vorticando a tempo del ritmo della melodia.
Si sta lamentando all'interno,
Ma non mostra alcun volto di compassione.

Sei sfinito, povera anima.
Nel letto di spine del futuro, dormire.
Vi porterà senza dubbio la pace.
Tuttavia, fa male ed è sanguinolento.

Un consiglio

Suicidio - oh, che parola grossa!
Una parola che tutti mormorano con angoscia,
Senza considerare ciò che questo comporta realmente.
Oh, anima miserabile, hai mai avuto dubbi su te stessa?

Come sarà lassù, quando sarai deceduto?
Vi piacerebbe sentirvi nel cielo?
Le vostre lacrime di disperazione si asciugheranno?
Chiudete gli occhi e riflettete per un po'.
Cos'è la morte e cos'è la vita?

Avete mai assistito alla luce della libertà?
Se non lo si cercasse, non lo si troverebbe.
Sostengono che il suicidio è una libera scelta.
Povera anima, non lasciarti ingannare dai tuoi pensieri!

Abbiate fede,
E con il fuoco, evitate di essere catturati!
Non date retta alle voci della morte;
Sentite invece il vostro cuore.
Se scegliete la vita,
Capirete cos'è la respirazione.

Colore indolore

Il filo della speranza viene reciso da una forbice dolorosa,
E si è lasciata cadere con grazia.
La folla è stata attirata dal suo movimento silenzioso e senz'anima.
Sorprendentemente, iniziò a emergere una mentalità dubbia.
Tuttavia, non fa altro che rimanere immobile.
Il filo tagliato non lasciava trasparire altro che calma,
Perché tratta la sofferenza come se fosse solo un altro giocattolo della vita.

Continuava a guardare il cielo,
Come se non fosse successo nulla.
Ben presto, un liquido argenteo iniziò a scorrere sul suo bel viso sconfortato.
Poi chiuse gli occhi e non vide altro che pace.

Combattenti della foresta

Lungo il tranquillo ruscello della montagna,
Si sente una melodia solitaria.
Un bel sorriso può andare in frantumi
dal canto singhiozzante dell'aquila sopra l'albero.
Sotto l'acquazzone, i combattenti attraversano la foresta,
Si sono trovati disorientati nel cuore della notte.
Dall'alto, le stelle irradiavano una luce spassionata.
Non hanno trovato alcuna speranza.

Gli alberi morti sono rimasti al loro posto, immobili.
In attesa della vita che porterà il domani.
Avevano visto volare via i dolci inseparabili.
Lasciandosi alle spalle le cicatrici del passato e un futuro cupo.
Le foreste, che un tempo suonavano una bella melodia di vita
Diventa ora il timore della speranza per un domani nebuloso.

La paura dentro

Preferisco rimanere nel mio guscio;
Il rifiuto mi terrorizza.
Voglio gridare il mio nome in segno di vittoria - no, non posso!
Il giudizio e la curiosità nei loro occhi sono palpabili.
Mi dà fastidio: l'ho tenuto dentro.
Devo avventurarmi fuori?
Sarebbe meglio per me rimanere in silenzio?

Dimmi, dimmi!
Oh, dimmi, caro risponditore!
Cosa devo fare?
Dovrei tenerlo per sempre?
Ahimè! Non è una vittoria,
Solo bugie, suppongo.
Ha a che fare con quell'emozione,
quello che dura per sempre.

L'ombra della realtà

L'aquila volò verso di me,
di cui sono stato testimone.
I suoi occhi mostrano sia rabbia che simpatia.
Scappare, scappare, me stesso!
Nascondete le vostre orrende emozioni!
Sono così in preda al panico... No, è troppo tardi, cara.

Gli artigli mi avevano afferrato.
Mi ha portato via, lontano da me stesso.
Ah, che strano posto è questo;
Dovrei gridare aiuto!

Gridai a squarciagola,
sperando che qualcuno ci senta.
Ma era impotente: tutti sono semplicemente scomparsi.
All'improvviso ho visto una raffica di ricordi.
Mi sono riconosciuto in essa mentre ero presente con tutti.

I miei tentativi di mimetizzarmi sono passati inosservati.
Con gli amici e la famiglia vera e propria,
tutti sono impegnati.
Il mio cuore si stava letteralmente spaccando in mille pezzi.
Per fortuna, qualcuno mi ha consolato.

E si chiama Solitudine.

Ha un certo modo di essere amichevole con me.

Mi trascina nel suo triste passato,

quando tutto è sgradevole.

Entrambi conduciamo la stessa esistenza, che è inutile e morta.

Così, entrambi abbiamo preso la decisione di tagliare le nostre vite con un coltello.

Perdonare per essere liberi

Una voce rassicurante di perdono,
Sussurrato silenziosamente nelle mie orecchie.
Chiudo gli occhi,
Ho sentito l'abbraccio tenero e affettuoso del cuore.
È giusto elaborare il lutto e liberarsi dal senso di colpa;
tutto si risolverà per il meglio.

I miei occhi si aprirono e si riempirono
con una luminosità di emancipazione.
Come ci si sente all'interno;
che fortuna essere vivi!
Mi sento stringere il petto dalla gioia.
Senza dubbio, è il più grande.

Lettera di addio

Il vento vivace borbottava,
È emerso un sorriso sconsolato.
Il liquore astringente fu sorseggiato,
Le mie labbra sono state attirate dalla dolcezza.
il sentore della promessa di ieri,
Ora rimangono solo i ricordi.
Le ferite erano guarite,
Le cicatrici esistono ancora.

Il viaggio che abbiamo condiviso,
Non c'erano più impronte.
Oh, la bella ninna nanna, ora cantata tra le lacrime.
Il proprio amore è essere abbracciati da voi.
Ho dimenticato quanto sia dolce il mio.
Il tuo tocco tenero e delicato sul mio cuore,
Sono ora le coltellate del nemico.

Molto probabilmente ho commesso un errore,
Sei sfuggito alla mia presa.
Non vorrei mai separarmi da te.
Tuttavia, sei troppo grande e forte.
Qualcun altro ti sta chiamando ora, amore.
Oh, che nome affascinante!
Vorrei poterti chiamare ancora allo stesso modo
Ma è certo che non si ripeterà.

Il desiderio del cuore senza speranza

Ho paura di tutte le lattughe che ballano,
Sbocciare selvaggiamente attraverso il ponte del destino.
Voglio attraversare con la mano di qualcuno che tiene la mia,
Eppure, quando ho raggiunto l'altro,
Mi sono reso conto che non ne esiste nemmeno uno.
Non importa se provo a chiamare il nome di qualcuno,
Nessuno osa ascoltarmi.

Piango perché sto soffrendo,
Piango perché sono debole.
Piango perché ho troppa paura.
Piango perché sto cadendo nelle tenebre.

Le domande si annidano in ogni cellula del mio corpo,
Merito di morire?
Merito di scomparire?
Perché il colore dei petali di una rosa
Si è trasformato in un vicolo buio per la mia anima.

Voglio che qualcuno senta il mio grido,
Per favore, lasciatemi inchinare sul bacio di domani.
Sono solo, eppure combatto, ma con chi dovrei combattere?

Mi sento insensibile dalla mattina all'alba,

Non mi importa nulla di tutto, sono insensibile, sono muto.
Portami il biscotto dei dolci desideri,
Odio vedere i lutti alimentati dalla compassione.
Parlare con un'erba amara,
Accarezzava il mio cuore solitario.

Nessuno capirà mai quello che sto cercando di dire,
Ma non mi dispiace.
Grazie per averci dedicato del tempo.
Che possiate avere una buona vita.

Ti ricordi di te?

Ti ricordi di te?
Gattonare con le mani sulle ginocchia sul pavimento.
Il tuo sorriso sdentato,
Affrontare la propria "mamma" e "papà" da lontano.

Ti ricordi di te?
Le dolci risatine per il solletico,
Il dolce pianto di ogni notte,
Ogni volta che si chiede il latte in bottiglia.

Ti ricordi di te?
Formare le lettere sulla bocca,
Si gioca fino a quando non ci sono più dubbi.
La prima parola che esce dalla gola,
Diventa una sinfonia melodiosa...
I vostri genitori non potevano non essere ascoltati.

Ti ricordi di te?
I progressi fatti finora.
Dal chiedere la guida dei propri genitori,
Fare le cose un po' alla volta da soli.

Passano anni e anni,
Si è visto in un'altra scuola a domicilio.

Nervosismo alla prima,
Ma ha trovato il suo meglio più tardi.
Sei rimasto per decenni,
Finché non hai indossato il cappello del successo.

Cosa hai imparato finora, amico mio?
Dalle lacrime che ti sono piovute sulle guance,
Grida di incertezza,
Giù nei prati della tristezza,
Che non si può esprimere.

Cosa hai imparato finora, amico mio?
Lasciare che altre persone vadano e vengano,
Chiedendo loro di aspettare un po'...
Ma hanno insistito per andarsene.

Cosa hai imparato finora, amico mio?
Con ogni goccia di champagne,
Ogni clic-cloc delle tastiere,
E stringere la mano agli altri.
Si dice che la vita sia piena di sorprese.
Non si sa cosa ci aspetta.
Impegnarsi in imprese di fiducia in sé stessi
Vi aspetta un buon domani.
Potrebbe sembrare un po' errato.

Non chiedermi perché, amico mio.
Anche voi stessi conoscete le risposte al riguardo.
Non vi sembra un po' strano?
Ricordare di essere te stesso?

Oceano senza speranza

Le onde della tristezza corrono verso la riva.
Le lacrime della solitudine nuotano sul fondo dell'oceano.
Tienimi lontano dal tuo cuore,
Continuerò a essere lacerato.

La fredda brezza della speranza scorre nelle mie vene,
L'amore che provavo prima per te rimane ancora.
Sì, spero disperatamente che l'oceano se ne sia dimenticato,
Eppure il tuo nome, i nostri ricordi nel mio cuore non saranno mai cancellati.

Forte

Ha vissuto la vita con le spine del dolore,
Urlando, sperando che qualcuno ci senta.
Cercando di trovare una via d'uscita dall'oscurità,
Eppure ha fallito, ha fallito e ha fallito ancora.

Cercò le voci che dicevano,
"Non ti lascerà mai indietro fino alla fine".
Ma non riusciva più a riconoscerli.
Le bocche di tutti sono sigillate dal silenzio.

Ho sentito l'applauso della realtà,
Risvegliatemi dalla fantasia.
Non c'è nessuno ad aiutare, tranne me stesso.
Sono d'accordo.
Non importa quanto mi sia perso,
Mi reggerò in piedi da solo.
Non importa quanto sia forte la vittoria,
Non sarò mai soffiato.

Illusioni dolorosamente dolci

Ti sei avvicinato,
Sussurrato al mio orecchio.
Le parole sono state pronunciate,
Promesso che non scomparirai mai.
Dolci parole le tue,
Mi ha fatto sorridere.
Per poi scoprire che,
Per un po' sono stati solo momenti.

Ti ho tenuto nella mia testa,
Pensavo che foste qui.
Ma la realtà mi ha schiaffeggiato,
Mi ha fatto capire che non sei reale.
Il mio cuore è crollato,
Sperando che tu lo guarisca.
Tuttavia, come può essere possibile,
Se non esistete nemmeno?

Il filo della vita

La forbice del dolore taglia il filo della speranza,
Eppure si è lasciato cadere senza dolore.
Il suo movimento silenzioso e privo di emozioni,
Ha attirato l'attenzione della folla.
Sorpresa, la mentalità discutibile ha iniziato a crescere,
Eppure giaceva ancora lì.

La minaccia non sentiva altro che pace,
Per essa il dolore è solo un altro giocattolo nella vita di una persona.
Fissava il cielo,
Come se non fosse successo nulla.
Più tardi, un liquido argentato colò sul suo bel viso triste.
Poi ha chiuso gli occhi.
Non si vede altro che la pace.

Echi di speranza perduta

La melodia della solitudine scorre lungo il torrente della montagna pacifica,
Musica dell'aquila piangente sopra l'albero,
Potrebbe spezzare il dolce sorriso.
Combattenti sotto la pioggia corrono nel bosco-.
Si sono persi nel cuore della notte.
Le stelle dall'alto mostravano una luce priva di emozioni,
Non hanno trovato speranza da nessuna parte.

Gli alberi morti sono rimasti fermi al loro posto,
Aspettando che il domani dia loro la vita.
I dolci uccelli dell'amore erano volati via da loro...
Lasciando un futuro senza speranza con le cicatrici di ieri.
Il bosco, che un tempo era una bella musica di vita,
Diventa ora la paura della speranza per le visioni sfocate di domani.

Persi nei sussurri

Il vento freddo sussurrava,
È apparso un sorriso triste.
Il liquore amaro fu sorseggiato,
Dolcezza attirata dalle mie labbra.
Il profumo della promessa di ieri,
Ora sta svanendo nei ricordi.

Le ferite erano state curate,
Le cicatrici sono rimaste.
Il percorso che abbiamo attraversato insieme,
Le impronte erano scomparse.
Oh, mia dolce ninna nanna,
Ora canta con le lacrime agli occhi.

State accogliendo l'amore di qualcuno,
Ho dimenticato quanto fosse dolce il mio.
Il tuo tocco gentile e fragile nel mio cuore,
Ora è diventato un pugnale del nemico.

Probabilmente è stato un mio errore.
Mi sei scivolato di mano.
Non voglio mai lasciarti andare,
Ma sei troppo forte e pesante.

Ora qualcun altro ti chiama "amore".
Oh, che nome dolce!
Vorrei poterti chiamare ancora allo stesso modo,
Ma sicuramente non accadrà mai più.

Risonanza delle assenze

Il richiamo dell'alba passò.
Non ho sentito le voci del tuo cuore.
Le mie impronte sulla sabbia aspettavano che le vostre si unissero,
Ma le onde l'avevano cancellata, sbiadita.

Scorrono lacrime di solitudine,
Aspettava ancora che tu lo pulissi.
Non l'hai mai fatto, non sei mai venuto,
Un mio sorriso amaro mi ha spezzato il cuore in mille pezzi.

La luce dentro di noi

La voce rassicurante del perdono,
Sussurrato dolcemente nelle mie orecchie.
Ho chiuso gli occhi,
Ho sentito il caldo e dolce abbraccio del cuore.
Va bene piangere e sfogare il senso di colpa...
Le cose si risolveranno bene.

I miei occhi si aprirono,
La luce della libertà è arrivata a me.
Come ci si sente belli dentro,
Quanto è grato vivere.
Felicità disegnata sul mio petto.
È davvero il migliore.

Capisco ciò che non capisco

Pensieri sbagliati mi attraversarono la testa: Alas, ho paura.
Di cosa ho paura? Non lo so.
La ferocia annebbiata di ieri continua a sbarrare la porta chiusa,
Sto diventando matto... Appoggiate la lama sulla pelle non lacerata.

Aiuto, lo voglio, ma come faccio a gridare quando la mia voce si è inabissata nel fondo del mare.
Il dolore è dentro, ma non lo vedo;
Non sento assolutamente nulla.
I miei occhi sono asciutti per trattenere la caduta delle lacrime,
Sono pazzo? Sì, potrei dire di sì.

Ho scritto una nota prima,
Chiedere a me stesso di essere forte.
Ma dove si trova in questo momento?
Non capisco me stesso...
Non lo so davvero.

Non riusciva a trovare le parole per stuzzicare il foglio trasparente,
Dove posso trovare le parole.
Doccia dell'anima incolore-preghiera.
Non lasciatela morire in mezzo al vuoto.

Sull'autore

Nery Joy Ochea

Nery Joy Ochea, una scrittrice di Leyte, nelle Filippine, ha intrapreso il suo viaggio nella scrittura all'età di nove anni e ha perseverato fino all'età di 22 anni. La sua prima ispirazione è stata Joanne Kathleen Rowling, dopo aver letto la raccolta di libri di Harry Potter in tenera età. Seguono William Shakespeare e John Ronald Reuel Tolkien. Nel gennaio 2023 ha realizzato il suo sogno tanto atteso di diventare un'autrice pubblicata con la Ukiyoto Publishing House, una casa editrice con sede in Canada. Oltre a questo risultato, le sue opere eccezionali sono state riconosciute da una rivista letteraria delle Filippine.

Prima del suo successo come autrice, ha maturato una preziosa esperienza lavorando in aziende di call center a Cebu. L'esperienza di comunicare con persone di culture diverse ha plasmato la sua capacità di comprendere la vita e le persone, che a sua volta ha contribuito a plasmare la sua scrittura. Poco dopo, è stata invitata come ospite in una scuola internazionale di Luzon, dove ha avuto la possibilità di ispirare i giovani nelle loro aspirazioni a diventare autori in futuro, anche se in modo virtuale.

Attualmente è una studentessa di Bachelor of Arts in Comunicazione presso la Biliran Province State University di Naval, Biliran. Pur non avendo scelto inizialmente di far parte della Scuola di Arti e Scienze, si è innamorata del programma e ha approfondito i legami con tutti coloro che ha incontrato. È convinta di essere destinata a questo programma grazie alle sue capacità e abilità di esprimere le emozioni attraverso la scrittura e la comunicazione.

Nonostante i rifiuti di varie case editrici negli Stati Uniti, in Europa e nelle Filippine, Nery Joy non si è lasciata demotivare. Invece, ha continuato ad alimentare le sue parole, sapendo che un giorno sarebbe stata in grado di accendere il fuoco dell'ispirazione negli altri.

www.ingramcontent.com/pod-product-compliance
Lightning Source LLC
LaVergne TN
LVHW041541070526
838199LV00046B/1779